Risas y Sonrisas
Laughter & Smiles

Rimas Favoritas/Favorite Rhymes

Seleccionado y traducido por
Selected and Translated by
Carrie Sue Ayvar

Ilustrado por / Illustrated by
Silvana Soriano

ISBN -13: 978-1502443540

Illustration and graphic project by Silvana Soriano

Published by Carrie Sue Ayvar Storyteller

Printed in USA Create Space inc.

Have I told you lately that I love you?

Gracias – thank you.

Mom & Dad, Grandma & Grandpa,

Doña Cristina y el amor de mi vida, Facundo.

Compartieron cancioncitas, cuentos y rimas.

They shared songs, lullabies, stories and rhymes.

Y gracias a mis hijos, and thanks to my children,

Soralee & Khalil, que escuchan – who listen.

¡Cuenta un cuento, comparte una rima,

ríe a carcajadas y juega!

Tell a story, share a rhyme,

laugh out loud, and play!

Cabeza, Cintura, Rodillas y Pies

(Apunta a cada parte del cuerpo.)

Cabeza, cintura, rodillas, y pies.
Cabeza, cintura, rodillas, y pies.
Cabeza, cintura, rodillas, y pies.
¡Vamos a cantar!

Cara, ojos, nariz y boca.
Cara, ojos, nariz y boca.
Cara, ojos, nariz y boca.
¡Vamos a cantar!

Head, Waist, Knees and Feet

(Point to each body part.)

Head, waist, knees and feet.
Head, waist, knees and feet.
Head, waist, knees and feet.
Let's all sing along!

Face, eyes, nose and mouth.
Face, eyes, nose and mouth.
Face, eyes, nose and mouth.
Let's all sing along!

1,2,3, ¡Chocolate!

Uno, dos, tres, cho –
Uno, dos, tres, co –
Uno, dos, tres, la –
Uno, dos, tres, te –
Bate, bate chocolate.

*(Frote las manos juntas como usando
un molinillo para chocolate.)*

1,2,3, Chocolate!

One, two, three, cho –
One, two, three, co –
One, two, three, la –
One, two, three, te –
Stir, stir, stir up the chocolate.

(Rub hands together as if using a chocolate whisk.)

Tortillitas para Mamá

Tortillitas para Mamá.
Tortillitas para Papá.
Las quemaditas para Mamá.
Las bonitas para Papá.
(Da palmaditas.)

Little Tortillas for Mama

Little tortillas for Mama.
Little tortillas for Papa.
The burned ones for Mama.
The pretty ones for Papa.
(Clap your hands.)

Este Niño Halló Un Huevo

(Apunta a cada dedo.)

Este niño halló un huevo.

Este lo coció;

Este lo peló;

Este le echó la sal;

Este gordo chaparrito se lo comió.

Le dio sed.

Y se fue a buscar agua...

Buscó y buscó...

(Camina los dedos al niño.)

Y aquí halló!

Y tomó y tomó y tomó.

(Da cosquillas.)

This Boy Found An Egg

(Point to each finger.)

This boy found an egg.

This one cooked it.

This one peeled it.

This one salted it.

This short chubby one ate it.

It made him thirsty.

So he went to look for water...

He looked and he looked...

(Walk your fingers up the child.)

And here he found it!

And he drank and drank and drank.

(Tickle tummy.)

La Luna

Ahí viene la luna,
(Junta los dedos para formar la luna.)
Comiendo tuna,
(Finge comer con los dedos.)
Y echando las cáscaras
En esta laguna.
(Haga cosquillas en el estómago.)

The Moon

Here comes the moon.
(Make a moon with your fingers.)
Eating prickly-pear fruit.
(Pretend to eat with your fingers.)
And tossing the peels
Into this lagoon.
(Tickle the tummy.)

Colita De Rana

Sana, sana colita de rana,
Si no sanas hoy,
Sanarás mañana.
(Talla el golpe mientra cantas.)

Little Frog's Tail

Heal, heal, little frog's tail,
If you don't heal today,
You'll heal tomorrow.
(Rub the sore spot while you sing.)

¡No Toques El Bebé!

*(Toque un dedo en la palma de la mano
para mostrar dónde está el bebé.)*

Mama dice: ¡No toques el bebé!
Papa dice: ¡No toques el bebé!
Tío dice: ¡No toques el bebé!
Abuela dice: ¡No toques el bebé!
Hermano dice: ¡No toques el bebé!
(Cada dedo representa una persona.)

¡A ver! ¿Dónde está el bebé?
(Cuando toque la palma "regaña.")
¡No toques el bebé!

Don't Touch The Baby!

*(Tap a finger in the middle of the palm
to show where the baby is.)*

Mama says: Don't touch the baby!
Papa says: Don't touch the baby!
Uncle says: Don't touch the baby!
Grandma says: Don't touch the baby!
Brother says: Don't touch the baby!
(Each finger represents a person.)

Let's see! Where is the baby?
(When they touch the palm "scold.")
Don't touch the baby!

La Araña Pirulina

La Araña Pirulina por la pared se subió

(Camina los dedos por el brazo del niño.)

Y mi Tía Catalina con la escoba la barrió.

(Con los dedos, barre la "araña.")

The Spider Pirulina

The Spider Pirulina climbed up the wall.

(walk fingers up the child's arm)

And my Aunt Catalina brushed it away with the broom.

(with your fingers, brush away the "spider.")

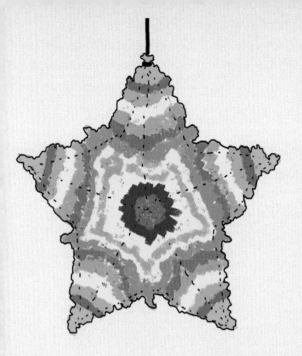

Rima Para La Piñata

Dale, dale, dale,
No pierdas el tino.
Mide la distancia,
Que hay en el camino.
Ya le diste una,
ya le diste dos,
Ya le diste tres,
Y tu tiempo, ¡se acabó!

*(Canta esta canción mientras pegan la piñata.
El turno termina cuando la canción termina.)*

Rhyme for The Piñata

Hit it, hit it, hit it,
Don't you lose your aim.
Measure the distance,
That's along the way.
Now you gave it one hit,
now you gave it two,
Now you gave it three hits,
and now your turn is through!

*(Sing while hitting the piñata.
The turn ends when the song ends.)*

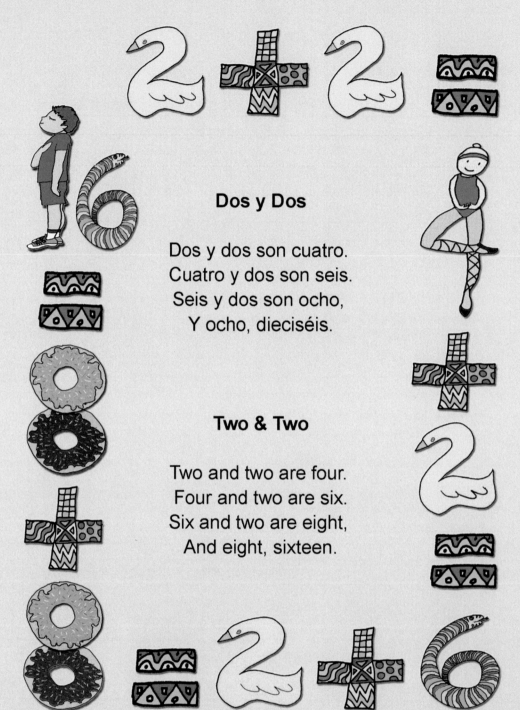

Dos y Dos

Dos y dos son cuatro.
Cuatro y dos son seis.
Seis y dos son ocho,
Y ocho, dieciséis.

Two & Two

Two and two are four.
Four and two are six.
Six and two are eight,
And eight, sixteen.

Las Vocales En Español

Las vocales en Español, las vocales en Español,
A-E-I-O-U.

La M con la A dice MA.
La M con la E dice ME.
Con la I dice MI.
Con la O dice MO.
LA M con la U dice MU.
MA-ME-MI-MO-MU

Las vocales en Español, las vocales en Español,
A-E-I-O-U.
(Sigue juntando vocales con consonantes.)

The Vowels In Spanish

The vowels in Spanish, the vowels in Spanish,
A-E-I-O-U.

The M with the A, it says MA.
The M with the E it says ME.
With the I it says MI.
With the O it says MO.
The M with the U, it says MU.
MA-ME-MI-MO-MU
The vowels in Spanish, the vowels in Spanish
A-E-I-O-U.
(Continue combining vowels with consonants.)

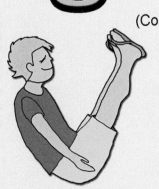

Riqui, Riqui, Rán

Riqui, riqui, rán.
Los maderos de San Juan.
Piden pan, no les dan.
Piden queso, les dan hueso
De la tabla del pescuezo.

Reekee, reekee, ran.
The woodcutters of San Juan.
They ask for bread, they get none.
They ask for cheese, they still get none.
Just a bone from the neck, that is all they get.

Viejo Juan Tenía Una Granja

El viejo Juan tenía una granja, i ai, i ai, o.
Y en su granja tenía un cochinito, i ai, i ai, o.
Con su "cui, cui" aquí, y su "cui, cui" allí,
"Cui" aquí, "cui" allí, siempre con su "cui, cui."
El viejo Juan tenía una granja, i ai, i ai, o.

La vaca dice "muu, muu."
El pato dice "cuac, cuac."
El perro dice "guau, guau."
El gato dice "miau, miau."
Los pollitos dicen "pío, pío."
El gallo dice "quiquiriquí."

Old Man Juan Had A Farm

Old Man Juan had a farm, E I E I O
And on his farm he had a pig, E I E I O
With an "oink, oink" here, and an "oink, oink" there.
Here an "oink", there an "oink,"
Everywhere an "oink, oink."
Old Man Juan had a farm, E I E I O.

The cow says "moo, moo."
The duck says "quack, quack."
The dog says "woof, woof."
The cat says "meow, meow."
The chicks say "peep, peep."
The rooster says "cock-a-doodle-doo."

La Mariposa

Uno, dos, tres, cuatro, cinco.
Cogí una mariposa de un brinco.

Seis, siete, ocho, nueve, diez.
La solté brincando otra vez.

The Butterfly

One, two, three, four, five.
With a hop, I caught a butterfly – alive!

Six, seven, eight, nine, ten.
Another hop, and I let it go again.

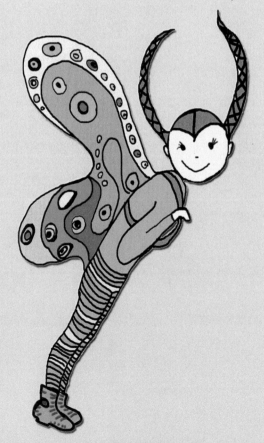

Los Pollitos Dicen

Los pollitos dicen "pío, pío, pío"

Cuando tienen hambre, cuando tienen frio.

La gallina busca el maíz y el trigo.

Les da la comida y les presta abrigo.

Bajo las dos alas, acurrucaditos,

Duermen los pollitos, hasta el otro día.

The Little Chicks Say

The little chicks say "peep, peep, peep"

When they are hungry and when they are cold.

The hen looks for corn & wheat.

She feeds them and covers them up.

Tucked in and snuggled up under her two wings,

The little chicks sleep until the next day.

Diez Pollitos

Uno, dos, tres pollitos. Cuatro, cinco, seis pollitos.

Siete, ocho, nueve pollitos.

Diez pollitos son.

Pío, pío, pío.

Ten Little Chicks

One, two, three little chicks. Four, five, six little chicks.

Seven, eight, nine little chicks,

Ten little chicks there are.

Peep, peep, peep.

Cinco Pollitos Tiene Mi Tía

Cinco pollitos tiene mi tía;
Uno le canta, otro le pía,
Y tres le tocan la chirimía.

My Aunt Has Five Little Chicks

My aunt has five little chicks;
One sings, another peeps,
And three play the chirimia.

Un Elefante

Un elefante se balanceaba
Sobre la tela de una araña.
Como veía que resistía,
Fue a llamar a otro elefante.

Dos elefantes se balanceaban
Sobre la tela de una araña.
Como veían que resistía,
fueron a llamar a otro elefante.

Tres elefantes…

One Elephant

One little elephant, balancing on a web
Saw that spider made it strong, so…
It went and called another elephant.

Two little elephants, balancing on a web
Saw that spider made it strong so…
They called another elephant.

Three little elephants…

A Carrie Sue Ayvar le encanta compartir historias y conectar a las personas, los idiomas y las culturas. Ella es una cuentista premiada, oradora, Chautauqua Scholar y una Artista en Educación entrenada por el Kennedy Center y Wolftrap. ¡Ella ha contado cuentos toda su vida!

Carrie Sue Ayvar loves to share stories and connect people, languages and cultures. She is an award-winning storyteller, speaker, Chautauqua Scholar and Kennedy Center and Wolftrap trained Teaching Artist. She has been telling stories all her life!

www.carriesueayvar.com

Silvana Soriano nació en Brasil y siempre ha estado rodeada de imágenes. Estudió grabado, la pintura y se graduó en Educación Artística en la Universidad Bennett, Río de Janeiro. Ella decidió convertirse en una ilustradora y ha estado creando arte desde entonces. Ha ilustrado libros para niños, un libro de poesía y ahora está escribiendo un libro de niños sobre el arte. En 2007, se mudó a Miami donde aún vive.

Silvana Soriano was born in Brazil and has always been surrounded by images. She studied printmaking, painting and graduated in Art Education at Bennett University, Rio de Janeiro. She decided to become an illustrator and has been creating artwork ever since. She has illustrated children`s books, a poetry book and is now creating a children`s book about art. In 2007, she moved to Miami where she still lives.

www.silvanasoriano.com

Made in the USA
Columbia, SC
08 May 2019